科学展上的反败为胜

打开情绪降落伞

[美]劳恩·梅尔梅德　[美]卡罗琳·布利斯·拉森◎著

[美]阿里耶夫·克里姆邦加◎绘　李　琳◎译

北京科学技术出版社

Raun Melmed, Caroline Bliss Larsen, Arief Kriembonga. Marvin's Monster Diary 2 (+Lyssa): ADHD Emotion Explosion

Copyright © 2019 by Raun Melmed and Caroline Bliss Larsen

Illustrations copyright © 2019 by Arief Kriembonga

This Simplified Chinese edition is published by arrangement with Familius LLC, through Dropcap, Inc and CA-LINK International LLC.

© 2022 by Beijing Science and Technology Publishing Co., Ltd.

All rights reserved.

著作权合同登记号 图字：01-2021-6118

图书在版编目（CIP）数据

科学展上的反败为胜：打开情绪降落伞 / (美) 劳恩·梅尔梅德, (美) 卡罗琳·布利斯·拉森著；(美) 阿里耶夫·克里姆邦加绘；李琳译. -- 北京：北京科学技术出版社, 2022.8

书名原文: Marvin's Monster Diary 2 (+ Lyssa): ADHD Emotion Explosion

ISBN 978-7-5714-1882-3

Ⅰ. ①科… Ⅱ. ①劳… ②卡… ③阿… ④李… Ⅲ. ①儿童故事—美国—现代 Ⅳ. ①I712.85

中国版本图书馆CIP数据核字(2021)第215878号

策划编辑：任昭敏	**电 话**：0086-10-66135495（总编室）	
责任编辑：蔡芸菲	0086-10-66113227（发行部）	
责任校对：贾 荣	**网 址**：www.bkydw.cn	
图文制作：品欣工作室	**印 刷**：河北鑫兆源印刷有限公司	
责任印制：吕 越	**开 本**：889 mm × 1194 mm 1/32	
出 版 人：曾庆宇	**字 数**：26千字	
出版发行：北京科学技术出版社	**印 张**：5.875	
社 址：北京西直门南大街16号	**版 次**：2022年8月第1版	
邮政编码：100035	**印 次**：2022年8月第1次印刷	
ISBN 978-7-5714-1882-3		

定价：29.80元

小朋友，你知道吗？

作为一名发育行为儿科医生，我每天都会见到一些被焦虑、低自尊、注意力不集中、电子产品成瘾等问题所困扰的孩子。我想，要是有一套工具能帮助孩子们解决这些问题就好了！于是，我将自己的临床经验与写作经验结合起来，总结出了 ST$_4$（STOP, TAKE TIME TO THINK）小妙招，即停下来，花时间想一想。在 **ST$_4$小妙招** 的指引下，阅读本书的你将意识到自己的内在力量有多么强大——这股不可思议的力量将帮助你战胜各种困难。

想象一下，当你能够掌控自己的身体和思维时，你将获得多大的成就感！我希望你在面对令自己紧张的情况时，或者冲动行事之前能够三思而后行；希望你变得更加细心，能够有意识地采取恰当的行动。简而言之，我希望你变得善于思考。

　　书中的角色、工具和剧情是为了帮助你树立自我意识、培养自尊心而设计的。你将见证书中人物的成长，学习如何着眼于当下。随着剧情的发展，书中的小怪兽们收获了更好的行为模式、更多的友情和更幸福的家庭——我相信这也正是阅读本书的你的愿望！

　　当然，书中的工具只是整体改善方案的一部分，其关键目的在于鼓励你和家人掌握生活的主动权。

　　祝好运！

劳恩·梅尔梅德博士

本书中登场的主要怪兽！

怪兽马文

- ✓ 头脑转得飞快；
- ✓ 总有闪闪发光的点子；
- ✓ 偶尔分心的时候容易把事情搞砸；
- ✓ 拥有秘密武器ST4小妙招！

鼻涕虫丽莎

- ☐ 马文班上新来的小怪兽；
- ☐ 最擅长的科目是怪兽科学；
- ☐ 情绪爆发时会变色，虽然她并不是变色龙怪！

哈丽雅特

- ☐ 小名阿里；
- ☐ 对丽莎这个新来的伙伴释放了100%的善意；
- ☐ 教给了丽莎压力测量计的妙招！

格里姆老师

- ☐ 善于给小怪兽们信心的天才老师！

V

目 录

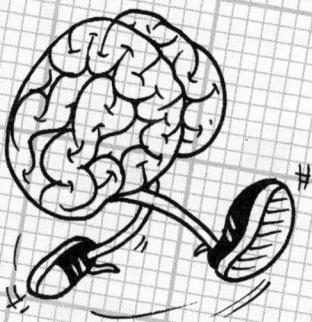

第 一 章

什么事情让大家
如此兴奋？

放假一天?!

格里姆老师是这么说的!

快来参加吧!

妙妙科学
展览会

放假
一天

妙妙科学
展览会,
即将开展!

SOON

在格里姆老师宣布了一个重磅消息后，整个班级都沸腾了：妙妙科学展览会将在几周后举行，在展览会上获胜的两只小怪兽可以放假一天！

这一天的假期可不是为了让小怪兽们玩"脏脏球"或者《大战外星人》游戏的。格里姆老师说，获胜的两只小怪兽可以任意选择一个外出学习活动。

你可能觉得无聊透顶，不过我却觉得特别棒。我可是一个喜欢学习新东西的小怪兽。

有一次，妈妈带我去了一个博物馆，那里有好多远古时期的怪龙化石。虽然我不喜欢这个博物馆，但我记住了所有怪龙的名字！连导游都对我刮目相看。

　　还有一次，爸爸带我参加他们公司举办的"带着你家小怪兽一起上班"的活动。爸爸的工作是在实验室里研究化学——比如混合某些物质、燃烧或冰冻某些物质。他甚至让我将一瓶紫色液体倒入一瓶绿色液体中（在做好了眼部防护和其他保护的情况下），然后看着它爆炸！

说真的，我并不讨厌学习。只是有时候在课堂上我会有一点点分心。

　　每当我看到什么东西从教室外面经过，我的思绪就像穿上了一双滑溜溜的、嘎吱作响的滑板鞋一样，跟着溜出了教室。

上学日放一天假，不用乖乖坐在教室里，而是去博物馆、音乐会、动物园，这听起来太酷了！有时候，我就想做些别的事情放松一下，而不是一整天都坐在教室里。虽然外出学习活动也是学习，但我敢打赌，那感觉应该和度假一样美妙吧。

　　我一定要将这个大奖收入囊中。

　　我需要一个完美的作品，但首先我需要一个完美的搭档。

第 二 章

寻找搭档的恐慌

怪兽化学课刚上课的时候，格里姆老师宣布了这个消息，接着她让我们自由组队。我问我的好朋友触手怪蒂米愿不愿意和我组队，可是蒂米已经和哈丽雅特（我们都叫她阿里）组队了。

可恶，蒂米和阿里是我最好的朋友。我还能找谁组队呢？

当我反应过来的时候，许多小怪兽都已经找到了搭档，我不幸成了被剩下的小怪兽之一。这时，我注意到了新来的女同学鼻涕虫丽莎。

她正坐在教室的角落，好像在忙着记怪兽化学课的笔记。

我想起昨天课间休息时发生的事情，我不知道同学们是不是都在躲她，就像她躲着同学们一样。

事情的经过是这样的。小怪兽们准备玩一个非常有趣的游戏：鞋子球。场上的所有怪兽都只穿一只鞋子，从场地一侧的起跑线开始奔跑，每队的小怪兽都要在保护自己的鞋子不被偷走的前提下尽力赶超其他队的怪兽。如果哪只小怪兽的鞋子被偷走了，就要被罚去场外等候十秒钟再回到场地重新加入游戏。小怪兽既要躲开其他队的小怪兽，也要阻止他们超过自己。当小怪兽成功地跑到场地的另一侧，并把鞋子踢进篮筐时就算进球得分了！

惊吓怪泰勒邀请丽莎和我们一队。

"我不参加，谢谢。"丽莎说。她正在读一本书，看起来好像是怪兽历史课的课本。

"别自讨没趣了，"调皮怪内拉告诉泰勒，"她宁愿一整天钻到书本里。我敢打赌，她甚至都不知道这个游戏该怎么玩！"

丽莎愤怒地盯着内拉。"我还真知道怎么玩！"

听到这句话，内拉和她的朋友们笑了。

丽莎重重地合上书本，大步走向泰勒。"我想加入你们队。"然后她就加入了。

事后回想起来，我还真不确定她加入的是我们队还是敌方队。

她光着两只脚上场了。当她想起需要穿着一只鞋子玩的时候，游戏已经进入白热化阶段了——到处都是小怪兽。大家都在奔跑、躲闪、抢鞋子！丽莎赶上了我们队，但是她好像不知道应该往哪边跑，也不知道自己的队友都有谁。

玩给他们看，丽莎！

突然，丽莎抢走了阿里卡的鞋子，但阿里卡用六只脚中的一只踩住了她的手。

然后我看到丽莎想要超过另一队，于是我拦住了恐怖怪海迪，以防他偷走丽莎的鞋子。丽莎越过海迪，跑到了场地的另一侧，她飞起一脚，可是她的鞋子并没有飞出去。紧接着绒毛怪菲利克斯把丽莎的鞋子偷走了。

　　"你可以把鞋带松一下。"当她被罚下场的时候，我提醒丽莎。结果她让我别多管闲事。

　　当丽莎回到场上的时候，调皮怪内拉猛地跑向丽莎，并把她撞倒了。内拉得意地笑了起来。

　　这件事刺激了丽莎。她摇摇晃晃地跳了起来，跌跌撞撞地往前冲，她超过了队友和对手，来到了场地的另一侧，然后她飞起一脚，鞋子飞进了篮筐！

　　她挥舞着双手激动地欢呼，并转向内拉。"看到了吧，我和你玩得一样好！"她挑衅地吐着舌头。

内拉不屑地笑了。"很可惜，那是你们队的篮筐。"

另一队的小怪兽们哄堂大笑。丽莎的脸阴沉了下来，她转向我们，问内拉说的是不是真的。我们告诉她这确实是个乌龙球。

丽莎的鼻涕眼泪糊了一脸。她开始变粉，接着变红，最后变紫了——她可不是变色龙怪呀！

　　丽莎爆炸了。不是真正的爆炸，而是发出了
我听到过的最大的尖叫声。我听过太多尖叫声
了——毕竟，我可是一只小怪兽！

　　她捡起鞋子，狠狠地扔了出去。她重重地踢
向篮筐，发出"咚"的巨响！她的脚撞到了球架
的支柱，看上去痛极了。

接着，丽莎开始用自己紧紧握住的拳头捶地，又是尖叫又是哭闹。这时，格里姆老师赶来了，她把丽莎带进了教室。

操场上鸦雀无声，小怪兽们目送她们进了教室。

回到怪兽
化学课

"嘿，你愿意和我组队吗?"我问丽莎。

丽莎目瞪口呆地看着我。"当然愿意啊。"她轻轻地说。

"太好了，伙计!"我说着，朝她比了一个"加油"的手势。这让我想起了怪兽滚石乐队，然后我又开始弹起了空气吉他。

丽莎挑了挑眉。我希望她不要再动不动就"变色"了。

我还不确定和丽莎组队意味着什么，不过我知道，我已经准备好应对挑战了。

困难君，放马过来吧！

第 三 章

头脑风暴

"各位同学所做的展示项目应该遵守一条规则：不要为了爆炸而爆炸！任何的爆炸都应该在掌控之中，而且应该以科学为目的。"格里姆老师说道。

　　"无聊透顶！"我马上喊道。

　　格里姆老师双臂交叉抱在胸前，愤怒地瞪着我。班上其他同学发出一阵偷笑声。

　　"对不起。"我一边这样说着，一边笑得像个小恶魔。

格里姆老师告诉我们，周六前，每个小组都要为妙妙科学展览会准备一个展示项目并提交给她。今天是周二，我们还有四天时间。在这堂怪兽化学课上，格里姆老师还给我们留出了一些时间，和队友一起进行头脑风暴。

　　"我们准备一个巨大的怪兽火山怎么样？"我想象着浓烟滚滚的火山爆发场景说道。

"不好，"丽莎说，"别人肯定都做这个。"

我很好奇，她是怎么知道的呢？

"我们可以比较不同的石头以及它们的特性。"丽莎提出建议。

"简直无聊透顶，"我心想，"也许她在显摆她的聪明才智。"不过我及时闭上了嘴，没有说出来。"也许可以吧。"我说。

我们绞尽脑汁，可是直到下课铃声响起时都没能想出一个好点子。

"我们再考虑几天吧。"丽莎提议，我表示同意。

在另一节课上，我也试着思考科学展览会的展示项目，但是我无法在认真听讲的同时想出好点子。这节课的内容是"湿水河战役"，这是精灵普里亚和独眼巨人载入史册的一战。我想象着自己在和独眼巨人作战，我挥舞着弹弓，拉开、射出燃烧的利箭，然后——爆炸！但是格里姆老师说，不能为了爆炸而爆炸。真可惜啊！

"我的课让你觉得没意思了，马文？"

我猛然发现，格里姆老师正站在我面前，俯视着我。由于刚才沉浸在白日梦里，我没有注意她来到了我跟前。其他的小怪兽们也都在看着我。

"不是的！"我猛地站起来，"抱歉，我只是，那个……"

但是格里姆老师没有批评我。她没有气到发紫，也没有给我发红钉钉贴纸。她只是指了指我桌子上的 ST_4 徽章。

是啊，我得停下来，花时间想一想。

ST4 小妙招

（STOP）停下来

（TAKE TIME）花时间   ST4

（TO THINK）想一想

这就是 **ST4 小妙招** 的意思——这是我的秘密武器，在我的思绪以光速转移到其他事情上的时候，ST4 提醒我要停下来，关注自己周围发生的事情。

有了它，我能更好地掌控自己的行为。我妈妈管 ST4 叫作"集中精神"。这是我自己发明的方法，知道的人并不多，只有我、爸爸、妈妈、格里姆老师、蒂米、阿里这几个人知道。他们都觉得 **ST4 小妙招** 非常酷，并且也开始使用这个方法！

　　我用的另一个小妙招叫小怪兽眼睛照相机，是琴王史蒂维（我的音乐偶像）教给我的。我用手指比一个方形取景框——像这样！并且将取景框对准任何我想要集中精力的事物。

我在怪兽历史课上使用了小怪兽眼睛照相机后，我看到了黑板上写的《1350年肉食条约》。于是我打开历史课本，翻到了对应的页码，专心致志地听格里姆老师讲课。

　　我不能一心二用，不能在怪兽历史课上思考科技展！我要等到回家后再去想妙妙科学展览会的事情。

第 四 章

科学家老爸的建议

那天下午，我呆坐在书桌前，面前放着三爪活页夹和一支笔。纸的上方写着"妙妙科学展览会方案"，底下一片空白，事情进展不下去了。

我咬着笔杆。啊！我知道问题出在哪儿了——可不能饿着肚子想事情！

于是我小跑着下了楼，狼吞虎咽地吃了一块（也许是两块）妈妈做的美味啵啵浆果松饼，然后又回到我的房间。

我的肚子填饱了，可纸上依旧只有标题。我的脑袋里充满着各种奇思妙想，却都和科学项目不沾边！

精神食粮

于是我开始做怪兽生物作业，做完作业以后我又弹了一会儿吉他。我还溜进了莫莉的房间，把她的相框倒过来放。我回到房间，伴着我最喜欢的怪兽滚石乐队的歌曲翩翩起舞。我又跑到了莫莉的房间，在她的枕头下放了一只假蝴蝶，莫莉最讨厌蝴蝶了，我忍不住咯咯地笑了起来，跟随着音乐节奏重重地跺脚、旋转。

可我还是毫无灵感！

"你为什么不上街溜达一会儿呢？"爸爸建议我，"让头脑清醒一下。"

我觉得这个办法肯定没用。

"科学无处不在，儿子。你身边到处都是自然的奇迹。"

我不想出去溜达。我决定明天再想科学项目的事情，毕竟我今天一直都在努力地思考。现在，我只想看《超级制裁者》，直到困得睁不开眼。

我的确是这样做的，结果什么点子都没想出来。

明天就是周四了，周五前我必须想出一些点子来和丽莎讨论。我不想让她觉得我很懒。

我做完其他作业以后，想起了爸爸的话："科学无处不在，儿子。你身边到处都是自然的奇迹。"

我不知道爸爸这句话是什么意思，不过他是一位科学家，所以他说的话一定有他的道理。反正我也没有别的更好的办法了，为什么不出去走走呢？

所以我就出门了。

你还有什么可失去的呢？

我手指比了一个方形取景框，惊奇地发现了小怪兽眼睛照相机给我的灵感。

第 五 章

没灵感的话就去
外面走走吧

　　我的老天爷！就在我开始溜达的时候，我看到一群怪兽在玩脏脏球。于是我加入了他们，我暂时忘记了妙妙科学展览会的事情。

　　游戏结束后，我想到爸爸经常说，他希望把我的精力用瓶子装起来。如果我知道怎样实现把精力用瓶子装起来的话，这将会是一个很棒的科学项目！

　　回家的路上，我试着用小怪兽眼睛照相机一个接一个地观察周围的事物。突然，我开始真正注意到一些事物，开始真正想了解一些事物。比如说蚯蚓，它们为什么生活在泥土中呢？秋千是怎么荡起来的？为什么风能吹起一张报纸却吹不起我呢？

我还没有想出最好的方案。我想让丽莎知道我在认真准备这个项目。丽莎非常聪明，很擅长怪兽科学——她在怪兽化学课上总是得到金角角贴纸——我希望她也这么看待我。虽然我有时候得到的是红钉钉贴纸，虽然我有时候会在课上走神，不过我还是很聪明的！

红榜：金角角贴纸	
丽莎	△△△
马文	△
哈丽雅特	△△
佩内洛普	△△
莉莉	△
蒂米	
凯文	

黑榜：红钉钉贴纸	
丽莎	
马文	△△△△
哈丽雅特	△△
佩内洛普	△△
莉莉	△△
蒂米	△△△
凯文	△

我脑海中涌现出许多问题。为什么水会往山下流？是什么让车轮生锈？房子为什么不会倒？食物为什么会腐烂？

　　我的头脑飞快地转了起来！我小跑着回家，写下我的奇思妙想。

脑袋真的会转吗？

　　现在我有了许多灵感！每一个都妙极了！

丽莎会喜欢这些点子吗？她会不会觉得我在炫耀呢？我不希望她觉得我用力过猛，我也不想让她觉得我游手好闲。总之，我不想惹她生气。

第二天早上，在校车上的时候，蒂米看到我一直在琢磨我的"灵感清单"，就问我："纸上写的什么呀？"我告诉他我在准备科学展览会的项目。

"我和阿里想弄一个怪兽火山。"他对我说。
我并没有告诉他丽莎早就猜到了。

蒂米在玩《大战外星人》的游戏，我看向窗外。我的思绪就像游戏中的太空怪兽角色一样飞到了外太空。现在我的脑袋里像是塞了一团棉花一样。我多么希望我能登上一艘火箭，把自己发射到外太空，这样我就不用想妙妙科学展览会的事情了！

外太空？嗯……

第 六 章

闪闪发光的主意

在学校看见丽莎的时候，我还在想着发射火箭的事情。

丽莎提出了许多非常棒的主意。比如孵化鸟蛋，或者制造一个闭合电路给平板电脑充电。她觉得我们还可以研究捕蝇草，看一下它吃什么，不吃什么。

好紧张，现在轮到我说我想到的点子了。我还在想火箭的事。

一个绝妙的主意浮现在我的脑海——我们可以做一艘真正的、可以发射的火箭啊！

丽莎也觉得很棒。

她的原话是"马文，这太棒了！"

　　"别人会不会也做这个火箭？"我问她，因为我恰好想起了怪兽火山的事情。

　　"不会的，"她说，"做一艘真正能发射的火箭非常困难，所以很多怪兽根本不会去试着做这个。"

我之前甚至都没想到这件事做起来会有难度。噢，惨了。

丽莎看到我面露难色，安慰我说："不要担心，马文。科学是我最擅长的科目。关于如何完成这个项目，我已经有了一肚子主意。我看到你在怪兽化学课上做实验了，你不走神的时候是很擅长科学的。"

我觉得有些尴尬，又有些自豪。我说："谢谢你。"

我很高兴丽莎和我一组，因为即便我能想到这个绝妙的主意，我也不知道该怎么付诸行动！

格里姆老师很喜欢我们的点子，并祝我们好运！

　　我和丽莎马上开始了。我开始画火箭的外观草图。画这个的时候，我们头脑风暴了一下关于火箭的知识储备。（丽莎知道的比我多得多！）我们列了一些打算写在介绍海报上的信息。

　　"我能看看你画了什么吗？"丽莎在头脑风暴之后问我。

我给她看的时候，她皱了皱眉："不，不，一点都不对。上面太多'角'了。"

"我觉得我们可以做机器人主题的火箭。给它喷上金属灰漆，然后装上一些触角。"我一边说着，一边指了指我画的触角。

"火箭的顶端应该是有些钝的尖头。"丽莎说道，"火箭需要像鱼鳍一样的机翼，这样才更符合空气动力学——而不能是腿！"她"哼"一声，在我的画上打了一个大大的叉。

"嘿!"我抗议道,"你没必要这么做吧!"

"你得更认真一些。"

"我很认真!"

"看起来可不像。"她不耐烦地说。

我无精打采地坐下来看她画。她解释了她画的每一处为什么更有利于火箭发射。虽然我觉得刚才她用一个臆想的"大铁球"粉碎了我的想法,却不得不承认她说的有几分道理。

    丽莎做这些的时候，我做了一个白日梦，梦到自己赢得了妙妙科学展览会的大奖。在我的想象里，伴随着戏剧般的浓烟，我们那闪闪发光的火箭发射升空，它升得真高啊，直直地飞向了外太空。我想象着评委们、同学们的掌声和欢呼声，他们给我俩颁发奖牌，送上鲜花，把我们高高抛向天空。

"马文！"

我跳了起来。丽莎正在盯着我。我不好意思地笑了笑："抱歉，我走神了。"

"我发现了！我刚才说，你周末可以来我家，我们可以开始造火箭了。"

第 七 章

想找个地洞钻进去

我们花了整整一周时间制作我们的火箭！丽莎的妈妈帮我们准备了组件，我和丽莎承担了设计、描图、组装以及黏合的全部工作。

我了解到丽莎不仅喜欢科学，还喜欢音乐，这点跟我一样！她玩骨头鼓。她最喜欢去的地方是"怪兽乐园"，那里有超刺激的过山车和梦幻

的旋转木马。她说她爸爸本来答应带她去玩的，不过她有段时间没见到他了。

哇！与丽莎一起造火箭真的超有意思！不过也有例外的时候。有几个晚上，我因为无聊而昏昏欲睡，脑袋止不住往书桌上磕。

"醒醒，马文，"我在半梦半醒间听到丽莎用悦耳的声音对我说，"想想你的大奖！"于是我用小怪兽眼睛照相机把精神集中在火箭上。

组件无法黏合的时候，丽莎会非常沮丧。"这个东西看起来蠢极了，我什么都做不好。"丽莎抱怨着。她的耳朵从红色变成紫色再变成橙色。她恶狠狠地盯着自己手头的活儿，仿佛试图用超级制裁者的热视线融化它。

　　她说这种话让我觉得不舒服，因为我觉得我们的项目棒极了，丽莎负责的部分尤其棒。"一点也不蠢，这是我做过最棒的事情。看!"我这样说着，把剩余的塑料材料黏在我的眉毛、衬衫或者胳膊上，"我现在看起来像火箭吗?"

她的肩膀放松下来，慢慢地绽放出笑容。她摇着头，好像在笑话我此时滑稽的样子。我总有办法哄她笑。

很快，在"大日子"到来的前一周，我们的火箭终于成型了！剩下的工作就是装饰火箭和制作宣传海报了。

丽莎问我是否愿意负责装饰的工作，她说美术是她最糟糕的科目。虽然我也不怎么擅长画画，不过，老天，这是丽莎第一次让我独立负责一件事呢。她的信任让我开心极了，于是我同意了。我脑海中已经有了一些很精彩的色彩搭配，我希望丽莎会喜欢。

　　我把火箭带回了家，花了整个周末（至少我觉得是整个周末）给火箭画线和上色。我们的火箭变得很惹人注意了。我恨不得立马给丽莎展示一下。

接下来的周一也许是我生命中最糟糕的一天。

妙妙科学展览会还没有开始，但我已经迫不及待要给丽莎展示我的艺术天分。

我要把装饰好的火箭带到学校给丽莎看。在校车上，我给蒂米展示了火箭，他看起来很受震撼。

如果那时的我用了 **ST₄小妙招**就好了，事实证明我玩得有点过火了。当校车开进学校停车场的时候，我打开了车窗，手拿火箭在空中飞，就像在玩一架纸飞机那样。

但就在那时，校车轧上路面的一个障碍物，颠簸了一下。

于是，我手中令人惊叹的火箭掉到了地上。

后面紧跟着的一辆校车碾碎了它……

那一瞬间，我想找个深深的地洞钻进去，再也不要出来。

第 八 章

丽莎的大爆发

　　我真的希望自己能找到最近的地洞钻进去，因为要告诉丽莎这个坏消息也许是我生命中最可怕的事情了。怪兽们喜欢可怕的事情，不过不是这种可怕。

"你弄坏了我们的火箭?!"丽莎尖叫道。

上一秒她还非常平静,但现在她的脸从粉色变成了橙色,接着变紫,然后再变黄。她的拳头重重地砸在了书桌上,一拳又一拳。很快整个班级的小怪兽都看了过来。丽莎把自己桌子上的书都推到了地上,又将我的书也推到了地上。我不停地道歉,但是她一直在尖叫,根本不听我说的话。

"丽莎！"格里姆老师喊道，丽莎开始抽泣。格里姆老师怒气冲冲地瞪着我："你们两个，跟我到走廊上去。"

丽莎一直在哭，所以只能由我告诉格里姆老师事情的来龙去脉。我向格里姆老师发誓，这件事只是个意外。

"意外，也许是吧，不过你太莽撞了，马文，"格里姆老师严厉地说，"你当时应该思考一下自己究竟在干什么。当时你应该用**ST₄小妙招**的。"

我的心跌到了谷底。

"不过,"格里姆老师说,"你们还有时间从头再来。火箭还有哪些部分能用?"

我给她看了火箭的残骸。

格里姆老师努了努嘴:"看来不行了。"

丽莎哭得更大声了,接着她爆发出更加刺耳的尖叫——就像那次在操场上一样。

对于我惹出的烂摊子，我感到很糟糕，但是让丽莎这么难过令我感到更糟糕了。那时的我绝望地想要做些什么来弥补这一切。

"我没法给你们更多时间。无论如何，妙妙科学展览会本周五就要举办。你们两个需要尽全力从头开始。"

丽莎阴沉沉地说："我再也不会和他一组了。"

我以为我已经到了谷底，但事实证明，"悲伤之谷"是深不见底的。

时光机

第 九 章

从头开始的科学项目

接下来的一整天，丽莎都拒绝和我说话，甚至不肯瞧我一眼。她完全有权利生我的气。连我都生自己的气。

放学我一进家门，妈妈就觉察出我不对劲了。我窝在毛茸茸的沙发里，告诉她事情的来龙去脉：我干的蠢事、丽莎的反应、我们和格里姆老师的谈话。我甚至承认我有点害怕丽莎，并告诉了她丽莎之前也有几次冲我发火了。

"我知道她现在为什么生气，"我说，"我真希
望我能乘坐时光机回到过去让一切重新来过！但
是蒂米和哈丽雅特就不会冲我发这么大的火，而
且我认识他们要久得多！"

"每个人处理坏情绪的方式都不一样，"妈妈对我说，"也许丽莎需要处理的情绪太多了。她刚刚搬到这边，可能需要适应许多新事物。生气是她释放沮丧、担忧这些坏情绪的出口，就和哈丽雅特在担心的时候会呼吸急促，会哭是一样的。"

妈妈的话我还不太懂，需要思考一下究竟是什么意思。但是很快我的注意力转移到了妙妙科学展览会上。"我的项目该怎么办呢？"我呜咽着说道。我脑海中浮现出这样的场景：在妙妙科学展览会上，我空着两只手上台了，旁边海报上写着"马文毁了一切！"。

74

“没有丽莎我做不出新的火箭了。她才是真正做出火箭的人。”我把脑袋埋到枕头里，抽抽搭搭地说。

“试着再给丽莎道歉吧。”妈妈建议道。

“她不会和我说话的。”

“给她一些调节情绪和冷静下来的时间。”

我不指望丽莎这么快就原谅我。我要从头开始一个新项目。

我整晚都在梳理之前列的科学项目点子清单，但是和火箭比起来，这些点子都无聊透顶。哪一个都无法帮我拿第一。不过无论如何我得有一个项目，否则我就会在怪兽化学课上得一个“F”——不合格。

再见啦，
冠军宝座！

我看到书桌上方墙壁上贴着的ST$_4$徽章，它提醒我停下来，花时间想一想。

我试着回忆制作火箭的每一步，不过我记不清细节和尺寸了。我不可能成功，如果我想做火箭的话，就需要丽莎。

为什么丽莎不能理解这一切都是意外呢？如果她是那个不小心弄坏火箭的人，我也会很伤心，但是我会理解她。不过我又想起了妈妈说的话，丽莎可能是在释放坏情绪。我想不能因为我不会这么生气，就认定别人也不会这么生气。

大家表达坏情绪的方式是不同的！

我开始在平板电脑上读一些有关现实世界中的火箭的文章。对这个庞然大物我了解得依旧不多，不过我知道了火箭是如何发射、如何穿过怪兽星球厚厚的大气层、如何沿着轨道绕行并最终着陆的。我还学习了如何控制温度——火箭需要足够的能量才能发射，但如果温度太高，火箭就可能会爆炸。

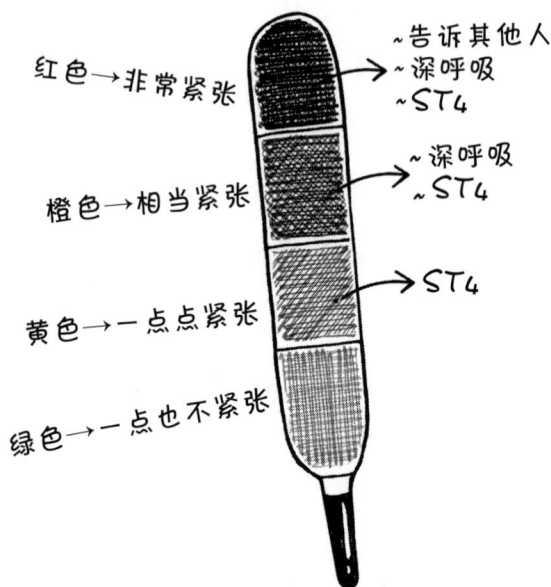

红色→非常紧张　　　　　~告诉其他人
　　　　　　　　　　　~深呼吸
　　　　　　　　　　　~ST4

橙色→相当紧张　　　　　~深呼吸
　　　　　　　　　　　~ST4

黄色→一点点紧张　　　　ST4

绿色→一点也不紧张

　　我想到了阿里的压力测量计，看起来就像爸爸在我生病时放在我舌头下测温度的体温计。她在感到有压力或者焦虑时会用到它。压力测量计被分成四个部分——绿色（表示不紧张）、黄色（表示轻度紧张）、橙色（表示中度紧张）和红色（表示极度紧张）。

　　她选择代表自己情绪状态的颜色，每种颜色对应着一些有助于冷静下来的小妙招，比如数数或者深呼吸，或者告诉其他人、散步，甚至是冲澡!

　　这些让我想到了丽莎，也许有时候她的脾气太火爆了，而她没有阿里的压力测量计，所以不知道如何"降温"。

　　那晚我睡觉的时候，我觉得自己更理解丽莎了。不过我还是不知道怎么完成我的项目。

压力测量计或许会对丽莎有帮助！

第 十 章

收拾残局

我的项目还是没有进展。我开始感到焦虑了。如果我什么都做不出来怎么办呢？我会从格里姆老师那里得到"F"，也许还有红钉钉贴纸。当然我也得不到一日假期。

黑榜：红钉钉贴纸

丽莎	
马文	△△△△
哈丽雅特	△△
佩内洛普	△△
莉莉	△△
蒂米	△
凯文	△

红钉钉贴纸多得数不过来

妙妙科学展览会项目

F.

周二上怪兽化学课的时候，格里姆老师给我们时间完成自己的项目。我注意到丽莎一个人孤零零地坐在角落里，我猜她还没有找到新的队友。她坐在那里，看起来并不生气了，只是有些伤心。

我做了一个决定。即使丽莎不想和我一组了，我还是想试着和她交朋友。我喜欢和她说话。她不生气的时候真的有趣极了，而且她似乎需要一个朋友。

　　所以我径直朝她走去，向她道歉。我告诉她我很抱歉，我把火箭拿到车窗外的时候太过鲁莽了。我说如果她还是生我的气并且不想和我一组的话，我也能够理解，不过我还是想和她做朋友。

　　"其实我想向你道歉。"她说。

　　向我道歉？

“我不应该朝你大喊大叫，把你的书推到地上，还朝你发火。火箭的事情确实只是意外。”

然后她在我耳边小声告诉我，昨天晚上的时候，她压力很大，感到伤心又沮丧，她在家里大哭大叫，对妈妈说了难听的话。奇怪的是，妈妈并没惩罚她，也没有没收她的平板电脑。

"我以为我自己可以完成这个项目，但是我压力太大了。妈妈看出了我的烦躁，她告诉我，我需要找回我的伙伴。她说得对，我自己一个人做不成。你很擅长逗我笑，让我不那么担心我们的项目。"

接着她告诉我，搬到新家后她感到很不适应，因为她很想念自己以前的朋友们，想念从前的家和学校，她也想念她的爸爸。她的爸爸妈妈不在一起了。她觉得孤单，因为她一个朋友也没有了。

"我要是遇到这样的事也会不开心的。如果你不反对的话我很想和你做朋友。"我说。

她笑着说："当然不反对了！我……我们还能重新组成科学小组吗？"

我真没想到她会问出这句话！

第 十 一 章

学会控制自己的
情绪1

我们的项目重新开始了。我们有太多事情需要做！有一天晚上，丽莎突然把铅笔摔在了桌子上，头埋在手掌中。"我们怎么可能成功完成这个项目呢？要做的事情太多了，时间太少了。愚蠢的妙妙科学展览会！"她又把铅笔扔到了房间的另一头，多亏我身手矫健才及时躲过一劫。

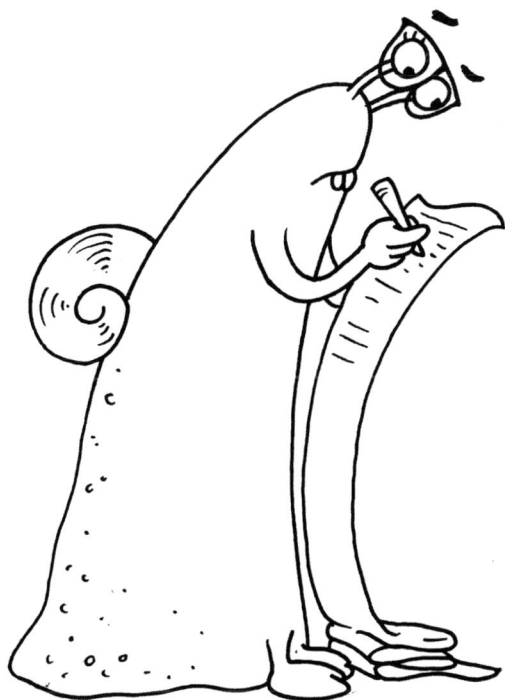

　　"没事的，丽莎。一回生二回熟嘛，第二个火箭会更容易的。我们能做得更快！"

　　"但是我们的第一个火箭是无与伦比的。我们怎么可能做出一个跟它一样好的呢？"她哭了起来，"我们需要更多的材料，要重新测量、画辅助线以及裁剪……要是出问题的话，火箭可能会爆炸的。"

我喜欢爆炸，但这可不是我想要的爆炸！我把爪子搭在她的肩膀上："我相信我们一定能做到！我们已经有了方案。我们知道了每一个部分长什么样子，就把第一艘火箭当成练习吧！"

　　她叹了一口气："或许你说得对。无论大事小事，我有时候就是会特别生气或者特别沮丧。我不知道怎么控制，那种感觉就像是我的情绪被封在火山里，随时都准备爆发。"

我想象着我爬上了一座巨大的火山，感受着它在我脚下发出隆隆的声音，接着火山朝天空中喷出了炽热的岩浆。

　　于是我脱口而出："或许……就像一个火箭?"我小心翼翼地拿起我们的火箭。"你的情绪都被困在狭小的空间里，就像火箭一样。如果有什么点着了它，它就'上天'了。"我举起火箭做出发射升空的动作。

"就是这样。"丽莎说。

接着我向丽莎讲起了 **ST$_4$小妙招**。

"什么是 **ST$_4$小妙招**?"丽莎问我。

"是一个化学式,有了它,我就能把精力集中在该做的事情上。'S'代表'STOP'(停下来),四个'T'代表着'TAKE TIME TO THINK'(花时间想一想)。我会停下来想一下自己应该做什么,并想象如果自己在做正确的事情的话会发生什么。也许这个方法能够帮你找出生气的原因。"

丽莎说她会试一试。

我们决定休息一会儿，于是我教她制作ST$_4$贴纸。丽莎用她的蜡笔画了一张火箭形状的贴纸。看起来酷极了！

丽莎看起来若有所思，她说："我觉得我刚才生气的原因是担心我们不能按时完成。我真的很想拿第一。"

"我也是，很抱歉我耽误了时间。"我惭愧
地说。

"没事的，马文，"丽莎笑着说，"不过这次由
我来把火箭带到学校去，以防万一。"

我们的火箭被周
密地保护着。

安保车

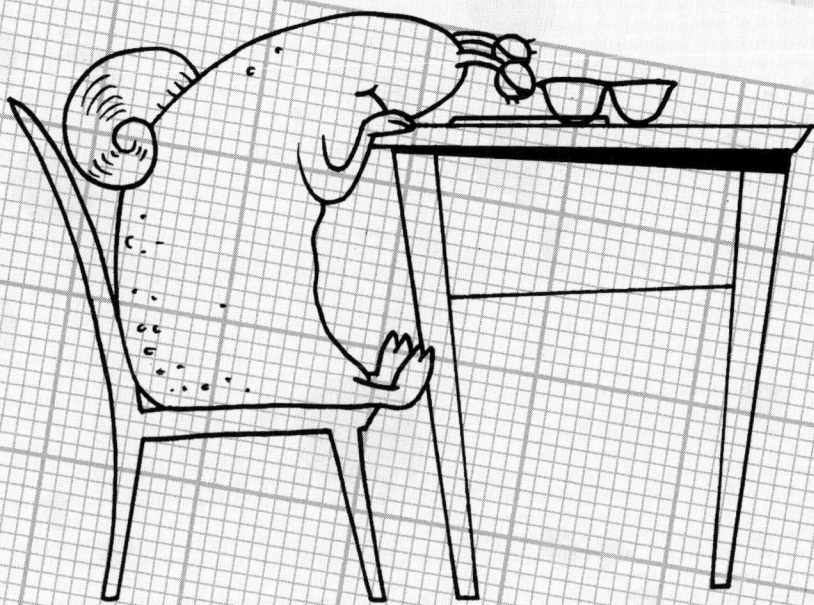

第 十 二 章

金角角，红钉钉

我们都没想到的是，这次我说对了：第二次做火箭的确容易多了。在妙妙科学展览会的前一天，我们还有足够的时间完成新火箭并制作宣传海报。丽莎提出了一些绝妙的点子，让我们的海报看上去更上一层楼，或者说"冲出大气层"——丽莎这样形容道。我已经迫不及待要在妙妙科学展览会上展示我们的项目了。

大气层是怪兽星球最外部的气体圈层

　　然而，丽莎却表现得不怎么激动。那天上午上怪兽数学课的时候，丽莎整节课都趴在课桌上，什么笔记都没做。接着上怪兽历史课的时候，格里姆老师叫丽莎起来回答问题，丽莎也一言不发，即便格里姆老师让她简单地猜测一下答案，丽莎也无动于衷。因为丽莎"态度不端正"，格里姆老师给了她一张红钉钉贴纸，丽莎看起来也毫不在乎。

丽莎有些不对劲。她在课堂上从来都很专注！难道她昨晚做噩梦了？难道她忘记吃早饭了？

后来的怪兽化学课上，我问她怎么了。

"没什么。让我静一下。"

我很吃惊。她又生我的气了吗？我回忆了上次见到她的场景：我们在对火箭做一些收尾工作，那时候她并不像是生气的样子啊，看起来兴高采烈的。

她叹了口气。我看到她停下来花时间想了一下，然后她说："我猜是妙妙科学展览会让我很紧张，我没法专心做其他事情了。我知道我们的项目不错，不过我觉得它不够完美。如果时间更充裕一些就好了。"她看着自己交叠着放在桌子上的爪子说，"我之前从没得过红钉钉贴纸。"

我再三向她保证红钉钉贴纸没那么糟糕，集满三个才会失去课间休息时间。"嘿，我保证我们的项目会'锤扁'其他项目的！"我咧开嘴笑着说，"你懂吗？——锤扁！"

丽莎翻了个白眼，不过她咯咯地笑了。

"我的朋友阿里放学后来找我玩，你想一起吗？"既然我们的项目已经完成了，我觉得丽莎也应该放松一下。

"我不知道，也许我该再改一下海报。"

"但是丽莎，海报已经很棒了！我们做了大量工作，现在已经完成了。我们今晚休息一下，就当庆祝了。"

她同意了！

如释重负！
消遣时间！

第 十 三 章

不欢而散的游戏

　　那天下午，丽莎先到了。她看起来很烦躁。我问她发生了什么，她说："没什么。"

　　"我们用黏液板和粉笔画画吧"，我提议道。我们在黏液板上尽情涂鸦。几分钟后，阿里来了。

"丽莎，我喜欢你画的鬃毛狮子，"阿里说，"这是我最喜欢的动物！"

"这是奇异狼，"丽莎纠正道，"不是狮子。"

阿里红着脸道歉："你画得真好！"

"不，一点也不。"丽莎说，"你都把它认成狮子了。"她擦掉了画。

接下来我们玩了一个被我称作"飞跃岩浆"的游戏。我们需要快速跳到院子里的任何东西上，避开草地，因为我们假装草地就是岩浆。通常我会把许多东西摆在院子里，所以我们可以从石头跳到飞盘上、泥块上，或者野餐垫上。游戏有趣极了！谁先到达另一边，谁就获胜。

我们都向院子另一边的篱笆跳去，像毛茸茸的怪兽宝宝一样。院子里充满了欢声笑语，游戏实在太有趣了！丽莎快到终点了，在这紧要关头，她在滑板上滑倒了。

“你出局了，丽莎！”我像棒球裁判一样朝她大喊。此时，阿里成功完成最后一跳，到达了另一边的篱笆。她喊叫着、欢呼着。

我也到达了另一边，叫嚷着：“我是第二名！”我和阿里击掌并兴奋地跳起了舞。我太迟钝了，过了很久才意识到丽莎一直坐在草地上，抱着双臂，眉头紧锁着。

“这不公平！”她不高兴地说，“我摔倒了！”

"这也是挑战的一部分，丽莎！"我向她解释。

"你们经常玩，所以你们玩得更好！"

"没关系的，只是个游戏而已。即使没有赢也有很多乐趣啊。"我说。

"我不这么觉得。"她说完就站起身，跺着脚绕过屋角，消失在我们的视线中。

"我不想伤害她，"阿里担忧地说，"我不在乎赢不赢。她现在应该很讨厌我。一开始我就把她的奇异狼认成了鬃毛狮子，接着我又在'飞跃岩浆'中赢了她。"

　　"我敢肯定，她不讨厌你。"我安慰阿里。但是她看起来既焦虑又紧张，她双手抱膝坐下来。

　　现在我的两个朋友都不开心，今天不像我想的那么有意思。

　　"也许我向丽莎道歉的话，她就不会讨厌我了，"阿里说道，"或许她不是讨厌我，只是今天心情不好，或者是别的什么原因。"她站了起来说："我要去道歉。"

　　"等等，"我说，"我有个好主意。"

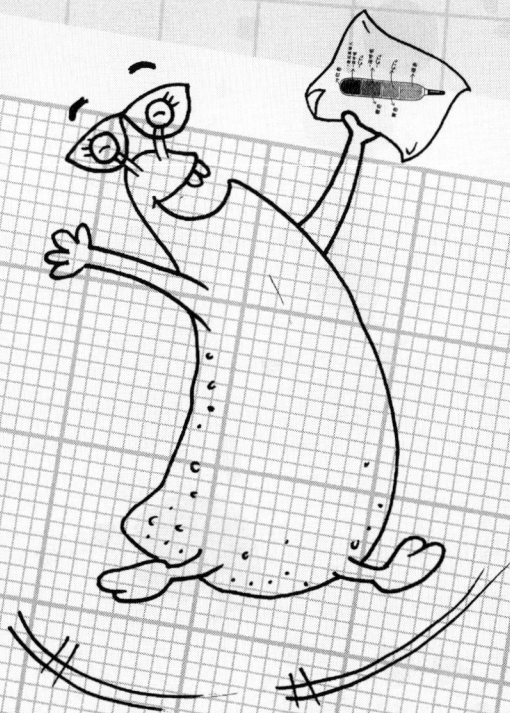

第 十 四 章

学会控制自己的

情绪2

最后，我和阿里都向丽莎道歉了。丽莎叹了口气，说道："我也很抱歉。我太鲁莽，也太小气了。我知道这只是个游戏。"

我们跟她说没关系。

"我需要一个人待着，这样我就能冷静下来。我称之为'暂停'。我觉得生气或者伤心的时候就会走开，然后想象一个让我觉得高兴的地方，这样我就能冷静下来好好想一想了。"她解释道，"我觉得这有点像ST$_4$小妙招。我在家里有一个'秘密基地'，我可以蜷缩在那里，用拳头砸枕头，或者捏黏黏泥来发泄。

现在我已经‘暂停’过了，我觉得自己冷静一些了。”

“哇，丽莎！这个主意好极了！”阿里说。

我告诉丽莎，阿里也用 **ST$_4$小妙招**。

“是的，”阿里说，“是马文教给我的。我觉得紧张或烦躁的时候，就会像你一样想象一个惬意的地方，深呼吸。”阿里慢慢地做了一个深呼吸。她吸气的时候肩膀耸了起来，呼气的时候肩膀放松了下去。

丽莎试了一下。“哇，真的有用！”她说。她又做了几个深呼吸。

接着她告诉我们，她生气不仅仅是因为游戏和奇异狼，还因为新朋友阿里让她觉得紧张，她觉得阿里会不喜欢她。

"不过我可能让你更不喜欢我了。"丽莎哽咽道。

"才不是呢！我喜欢你，丽莎。你很聪明，而且你很勇敢地向我们表达了自己的想法。我喜欢这一点。"

丽莎红着脸说："谢谢。"

"丽莎，你来的时候看起来闷闷不乐，是因为跟我和阿里一起玩让你觉得紧张吗？"

"不全是，还有一些其他的原因。这周末我本来要回到我以前那个家，和之前学校里最好的朋友一起住一晚上。但是妈妈告诉我计划取消了，因为外婆要过来看我们。我真的很伤心，因为我非常想念我的老朋友，所以在来的路上我对妈妈大喊大叫了。"

"真遗憾，"我对她说，"要是我的话也会非常伤心的。"

"很抱歉我对你们发火了。"

我们告诉她没关系，接着我们给她出起了主意。

"嘿，我想给你看样东西。"阿里说。她从口袋里拿出压力测量计。"我在不知道如何处理情绪时会用到这个。我会先思考一下我的恐惧或者焦虑现在是什么颜色。一旦我知道我处在哪个等级，我就能决定应该如何应对。"她把压力测量计递给丽莎以便让她看得更清楚些。

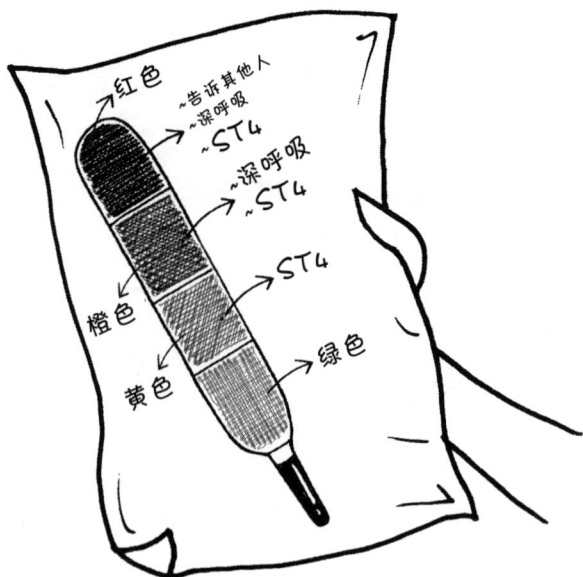

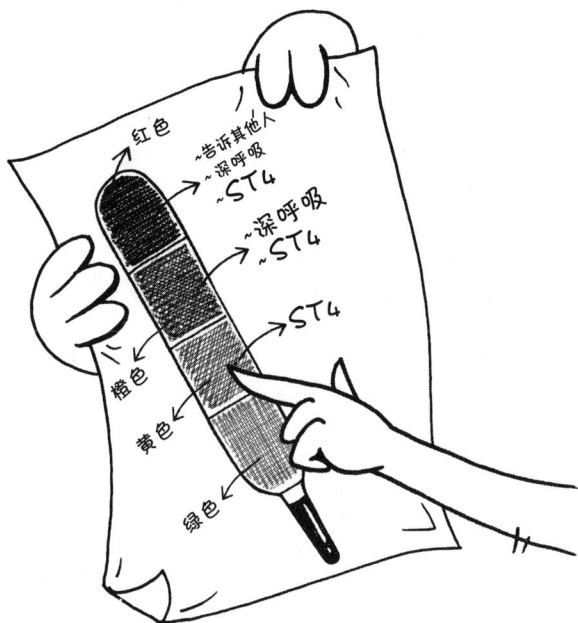

"刚才我惹你不高兴了，怕你觉得我讨厌，我觉得我刚才的压力处在黄色区域。黄色代表着我要用到 ST_4 **小妙招**，停下来想一想我做过什么，如何弥补。我告诉自己，你可能并不会因为一个傻傻的游戏就讨厌我。至少我希望是这样！"

"我才不讨厌你呢！"丽莎急忙澄清。

阿里笑了。

　　我插嘴道："有一次上怪兽化学课，我们都得上讲台上做报告，阿里非常紧张。因为她讨厌当着大家的面讲话，不过她用了压力测量计来帮她克服恐惧。"

　　"是呀，我那天做了好多次深呼吸。"阿里一边说，一边指着压力测量计的橙色区域。

"她太棒了！"我一边兴奋地跳了起来，手舞足蹈，一边对丽莎说道。阿里咯咯地笑了。

丽莎现在看起来不那么烦躁了，她的眼中充满了兴奋。"阿里，你能教我做压力测量计吗？"她可怜兮兮地说，"我觉得它会对我很有帮助的。明天的妙妙科学展览会让我很紧张，而且，你应该看得出来，我现在没办法很好地掌控我的身体和情绪。"

"当然可以教你啦！"阿里说。

那天下午，我们剩下的时间都用来进行艺术创作：制作压力测量计。最后，丽莎蹦蹦跳跳地回家了，手里拿着一张画着压力测量计的纸。

第 十 五 章

又一个闪闪发光的主意

　　最重要的一天终于到来了！学校的体育馆
（妙妙科学展览会的举办地）人声鼎沸，这里有
五颜六色的展览区——混杂着奇异的气味，以及
各种各样科学实验发出的"滋滋""啪啪""吱吱"
和"嗡嗡"的声音。

家长们、老师们和小怪兽们这儿瞧瞧，那儿看看。我觉得整个学校的小怪兽都在这儿了！

　　连向来没心没肺的我都觉得紧张，这意味着丽莎比我更紧张。但出乎我意料的是，她笑容满面地跑向我，噼里啪啦地说了一通。

　　"我好好想了想我们昨天说过的话，像是压力测量计、深呼吸，以及'暂停'等。后来我记起你曾经说过的有关火箭和情绪的话，于是我想到了一个绝妙的主意！"

丽莎开心的时候，事情总是一帆风顺！她说得没错，当她告诉我她的好主意的时候，我也觉得这真是个绝妙的主意！

　　在妙妙科学展览会上的所见所闻让我充满活力。我看到评委们在一个个展位前驻足，低声讨论着，然后认真地在写字板上记录。

后来我走到绒毛怪菲利克斯那边去看他的展示。他将不同材质的小车从轨道上推下来，看哪一种运动得更快，是金属小车，还是木质小车。

我看得入了迷，甚至忘记了时间，差点没能准时回来做展示。我冲回我们的展台，我以为丽莎一定会冲我发火，但是她没有。她对着慢慢走过来的评委们自信地微笑着。

终于轮到我们了！

第 十 六 章

让我和丽莎在学校扬名的事

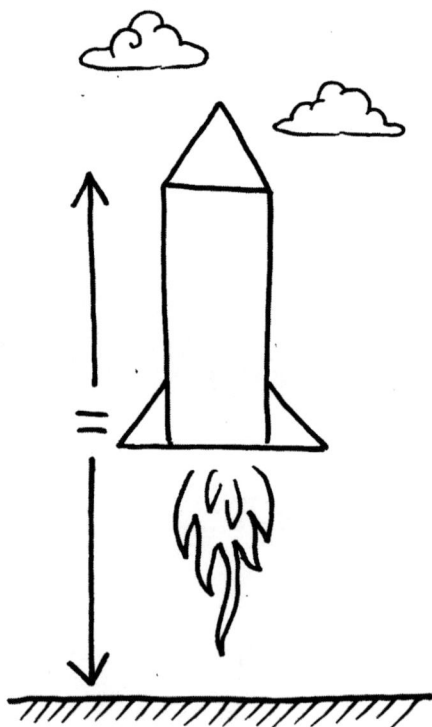

"火箭发射遵循牛顿第三运动定律，"丽莎开始介绍，"每一个力都有大小相等的反作用力，当火箭加热底部的燃料，喷出的气体会向地面施加一个力，地面向火箭施加的大小相等的反作用力就会把火箭送上天空。"我们的火箭

　骄傲地"站"在展台上，就好像知道我们正在谈
论它一样。

　　我接着解释了宇宙飞梭，在太空中，为了保
持在怪兽星球的轨道上运行的状态，宇宙飞梭需
要达到17000怪兽里的时速！我穷尽所学，向大
家讲解了宇宙飞梭是如何飞回怪兽星球大气层并
平稳着陆的。

"这一点很重要，如果宇宙飞梭不能减速到一个合适的速度上，就会撞毁在地面上，'轰隆！'"我的两只拳头撞在了一起，发出撞击的声音，我"咯咯"地笑着说："宇宙飞梭降落的时候会通过旋转和倾斜减速。接着尾部会张开一个巨大的降落伞，使得飞梭的速度降得更低，这样飞梭就能安全着陆了。"

丽莎接着说："我想讲一些即使你不是一名怪兽宇航员也要知道的道理。比如说，有时候我容易生气，像个炮仗一点就着。不过火箭和宇宙飞梭给了我一些启发，我试着用一种全新方式看待我的愤怒情绪。

　　"也许我的情绪就像火箭，越加热，升空越高，推开地面的力也就越大，就像牛顿第三运动定律。"

哇，丽莎真让人刮目相看！她的话充满了智慧。评委们惊诧于这个突如其来的小插曲，开始窃窃私语。

"但是当我的情绪爆发时，地上的是什么呢？是我的家人和朋友啊，（她微笑着看向我）是学校、音乐以及我其他的爱好——所有这些让我开心的事情。当我生气并胡乱发泄的时候，我就把本应让我开心的事情，比如'和朋友马文一起玩'推得更远了。"她望着我说道。

"这时就应该让降落伞发挥它的作用！"我插嘴道。

"没错。"丽莎说，"我的朋友哈丽雅特和马文教给了我一些认识和控制愤怒情绪的小方法，我也提出了一个自己的办法，这些就是带我平安回到怪兽星球的降落伞。"

我现在兴奋极了。"女士们先生们，现在，请跟随我们一起到室外。"我宣布道。

评委们、格里姆老师以及一些好奇的同学们兴奋地跟着我们出去了。我们将火箭放置在一块大大的空空的石板上。

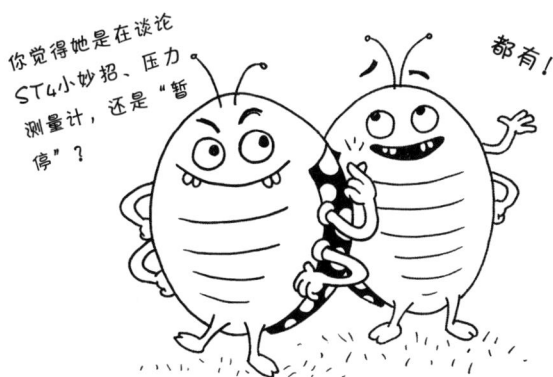

你觉得她是在谈论ST4小妙招、压力测量计，还是"暂停"？

都有！

"期待已久的时刻终于到了……"丽莎夸张
地宣布道。格里姆老师上前一步，点燃了火箭的
引信。

突然间，我的胃里开始翻江倒海，就像在坐
过山车一样。我从来没有想过火箭发射的时候可
能会发生的情况。我们只有一次成功机会！要是
火箭爆炸了怎么办？要是它根本不动怎么办？要
是它击中了学校怎么办？

不过，格里姆老师知道我们的项目，大人们
已经为可能会出现的危险做好了一切准备措施。
丽莎一定对我们的成果很有把握——我相信她。
我做了一个深呼吸。

随着一阵巨大的烟雾腾起，我们的火箭飞向了天空，发出了"咻"的声音！大家都在欢呼，我和丽莎的欢呼声最高。它也许不是最好看的火箭——当然不如我精心装饰的第一个了——但现在不重要了，因为它已经快要消失在我们的视线中了。也许它会飞到外太空，再也见不到了！

过了一会儿，我们头顶上空的"点"越变越大。很快，一个形状细长的物体在降落伞的帮助下平稳下降。我和丽莎跑过去捡起了它。它"降落"在操场上的三尾猴攀爬架上！

我们把火箭带回来了，人群都在鼓掌、欢呼和喝彩，尤其是格里姆老师！评委们看上去也很受震撼。

“丽莎、马文，你们做得太棒了！”格里姆老师激动地说，“把心理学和科学项目联系起来真是个好主意！”

我和丽莎相视一笑。这并不在我们的计划中，但是最终，我们确实学到了更多，而不仅仅是火箭！

第 十 七 章

激动人心的时刻到了

激动人心的颁奖时刻终于到了！

大家都聚集在体育馆里，格里姆老师艰难地挤出人群，来到了颁奖台上。我的脑海中全都是我获奖的场景。我们已经获得了一批仰慕者——现在是时候领取属于我们的金牌了！

格里姆老师感谢了所有参与者的"精彩展示"。她说:"从中选出第一名真的很难,评委们进行了激烈的讨论。许多项目都富有创造力和挑战性,激起了思维的火花,其中有一个最突出的项目得到了评委们的认可,获得了第一名。"

"冠军是……"

我紧张得无法呼吸了!

"惊吓怪泰勒和调皮怪内拉的《'令人作呕的'的真菌和霉菌》展示!"

观众们在喝彩、在欢呼。五彩的飘带从天花板上飞下来，落在了我身上。我感觉有一块巨大的石头狠狠地砸向我的胃。我转头去看丽莎，她一脸不可思议的表情，嘴巴大大地张着。

"我……我以为大家都很喜欢我们的项目。"
我结结巴巴地说。

泰勒和内拉在舞台上笑着，兴高采烈地挥着
手。他们得到了大奖——金牌、一天的假期、外
出学习活动、学生时代甚至一生的荣耀。

　　我再次看向丽莎，她从人群中挤了出去。她的皮肤变成了蓝色，接着变成灰色，再变成黑色，最后又变回了蓝色。

我跟着她挤了出去，发现她正坐在长凳上，头埋在臂弯里。我犹豫了一下，坐在了她身旁。我担心，要是她突然打我怎么办？

谢天谢地，她没有打我，我们只是静静地坐着。在格里姆老师做了一个我没听清楚内容的演讲之后，观众的反响突然变得热烈起来。

"真倒霉，"我说，"我以为我们会赢的。"

丽莎抬头，她的眼眶是湿润的，不过她并没有在哭："我也这么认为。"

观众们叽叽喳喳讨论的时候，我们静静地坐了几分钟。也许丽莎正在"暂停"。

"你还好吧?"丽莎终于开口。我很惊讶——一般都是我问她，这次反过来了。

"嗯，我觉得还好，只是有些失望。"

这时有人拍了拍我的肩膀，我发现是脏脏球队的菲利克斯和海迪。

"我们觉得你们俩应该赢，"菲利克斯说道，"我不敢相信你们竟然做出了能真正发射的火箭！"

"是的！"海迪表示赞同，"而且我从来没有想到过情绪就像火箭一样。实在是太酷了！"

"谢谢你们。"我和丽莎回应道。我说不清楚自己有没有变开心一些。

"等等！"格里姆老师突然在麦克风里说，"我们还有一个消息要宣布！"

第 十 八 章

小怪兽性格进步奖

　　欢呼声和讨论声终于平息下来，格里姆老师不紧不慢地说："女士们先生们，有史以来第一次，评审委员会决定增加一个奖项。"

　　增加一个奖项？格里姆老师之前从来没有提起过！

"除了给获得最高分的科学项目颁奖，我们决定还要给两位同学颁发特别奖。在这次活动中，他们不仅收获了科学知识，还得到了成长。他们发现，有时候即便竭尽全力，失败依旧不可避免，但他们依然选择了坚持。他们了不起的项目的初版在一次意外中被毁坏，但他们学会了原谅，以及如何战胜困难。丽莎、马文，你们愿意走到台上来吗?"

等等，什么? 我的心里咚咚地响着。丽莎的脸突然变红了，她和我一样瞠目结舌! 我们满脸震惊、蹑手蹑脚地上了舞台，周围的人群都在鼓掌和欢呼。

"我一直在认真地观察着他们的努力。'重新来过'可是一个不小的挑战。留给他们的时间不多，但他们成功了!

事实上，我相信第二个火箭更完美，因为他们在这个过程中有所感悟。他们的额外收获是分享彼此在情绪管理上的小妙招。他们是团队合作力、创造力和同理心都闪闪发光的楷模。因此，我们决定授予他们‘小怪兽性格进步奖’。”

　　观众席响起了热烈的掌声和欢呼声。我和丽莎惊讶地看向对方。

　　格里姆老师给我们各颁发了一枚恐龙蛋。蛋
壳是黑色的，上面遍布着五颜六色的旋涡图案和
黄色的小斑点。

　　"看起来就像是银河系！"丽莎赞叹道。

　　"的确，"格里姆老师说道，"我们希望这个奖
品能够让你们记起你们的项目以及你们从中得到
的经验：生命中最重要的是好的性格。"

这番话让我有些难为情！格里姆老师从来没有一下子说过这么多夸奖我的话！

"另外，学校奖励你们同父母一起去天文馆体验游。在那里，你们可以了解星际怪兽基地，观看壮观的流星表演。你们可以自己任选一个周末过去。"格里姆老师解释道。

"啊呀，不是上学的日子去吗？"我脱口
而出。

大家哄堂大笑——包括格里姆老师！

"抱歉，这次不行，马文。"她温和地笑着，
"同学们，让我们一起祝贺马文和丽莎。"

我们周围充满鼓掌声、口哨声和喝彩声。我
觉得自己飘上了云端，就像我们的火箭一样！

在我们艰难地从观众中往外挤的时候，阿里
找到了我们。"你们两个太棒了！你们的火箭太
厉害了！"阿里兴奋地说着。蒂米也加入进来，
拍着我的背说："我就知道你们两个家伙会惊艳
全场的！"

　我们的父母也找到我们，他们脸上带着骄傲
的笑容，并给了我们大大的"熊抱"。

　"我太为你骄傲了，甜心。"丽莎的妈妈抱着
她说道，"你们的项目令人惊叹。而且我看到你
在得知你们的项目没有获得第一名的时候，努力
保持了冷静。"她将丽莎紧紧抱住。

"科学家老爸为你骄傲，儿子。"爸爸重重地拍了一下我的背。

我和丽莎绽放出最灿烂的笑容。接着我们兴奋地击出一个可以载入史册的掌。

即便我们的火箭没有获得第一名，我们也收获了许多乐趣。我之前从来没有去过天文馆，不过我知道那一定会是很棒的体验，因为我的新朋友丽莎会和我一起去。

我期待着那一天快点到来！

爸爸妈妈也要学习的魔法

欢迎来到我们的家长社区。我们致力培养快乐、活泼、成功、专注的孩子，这些性格非常珍贵。孩子们需要认识到自己与生俱来的力量，学会掌控自己的身体，并学会如何扭转困难局面。不过，能够活在当下并欣赏当下的美好，同时了解自己的情绪状态对我们许多人来说可能都是一个挑战。

温柔地引导孩子——不是通过拔苗助长，而是轻柔的督促和安慰的话语——不管孩子有什么弱点和缺点，让孩子沿着自己的道路走向自我实现，成就美丽而有天赋的自己，这应该是每一个深思熟虑的家长的目标。那么该怎么做呢？通过对具体行为的称赞让孩子知道，他会被无条件地接纳，同时教他应对生活中的风浪所需的工具。

我们都需要知道应该做什么，了解如何解读自己的信号和冲动，什么时候该刹车，什么时候该减速，什么时候该宣泄情绪。我们都需要学会思考。这个目标不会轻易实现，但这就是本书的目标。

什么是注意缺陷与多动障碍？

患有注意缺陷与多动障碍的儿童注意力不集中，容易分心、烦躁不安，并且难以安静地坐下来，他似乎一直在乱动，可能会打断他人、说话不过大脑、难以集中注意力，并且不守秩序。此外，他很容易感到有压力，也很容易发怒。注意缺陷与多动障碍很少单独出现，我们将相关的症状称为"共生性紊乱"。愤怒和焦虑是常见的两种相关症状。即便没有诊断出注意缺陷与多动障碍，这些症状也可能会出现，但在本书的这一部分，我们将关注那些同时具有这两组症状的儿童。

当孩子患有注意缺陷与多动障碍时，家庭关系可能会在某些时候不和睦。兄弟姐妹们经常抱怨患注意缺陷与多动障碍的孩子总是"搞破坏"或"想打架"。在多数情况下，患注意缺陷与多动障碍的孩子喜欢这种"热血沸腾"

式的鲁莽，这让他们保持清醒和警觉。挑衅是其中一种方式——激怒家人、朋友和老师。对患有注意缺陷与多动障碍的孩子来说，暴躁易怒似乎没什么稀奇的，家常便饭而已。

什么是愤怒，以及什么会引发愤怒？

我们谁没有爆发过愤怒呢？比如说"气得发抖"、崩溃、发脾气和呼吸急促。为什么会出现这些反应呢？为什么儿童会格外容易出现这种强烈的情绪爆发呢？

某些孩子更容易生气吗？脾气大小的差异在孩子很小时就体现出来了。有些婴儿看起来很随和，有些婴儿慢热，而有些则表现得"难以相处"。

这些孩子日后可能会情绪不稳定，可能很难对压力做出恰当的反应。虽然上述特征可能被认为是天生的，但环境因素也会影响个人调节情绪的能力。愤怒可能还有其他原因，包括家庭不和谐和遗传因素。

当我们需要适应外界环境以及处理各种新情况的时候，压力就会出现。愤怒是成人和儿童应对压力的常见反应。愤怒可以表现为"对立"或"挑衅"。因此，当家长向我倾诉孩子的"对立"或"挑衅"行为时，我会思考哪些事情可能会给孩子带来压力。

区分"愤怒"和"攻击性"很重要。"愤怒"是由压力、烦恼或沮丧引起的暂时的情绪状态。这是头脑提醒我们存在潜在问题的一种方式。人人都会愤怒，愤怒是一种在所有儿童和成人身上都能看到的情绪——事实上，这是一种正常甚至健康的情绪。大多数孩子都能学会对愤怒情绪做出恰当的反应。

然而，"攻击性"则是对"愤怒"的反应，通常表现为伤害或破坏身边的事物。当孩子的攻击性令人感到担忧或可能造成伤害时，请向医生寻求帮助。

如何帮助容易发怒的孩子

我们知道，把情绪大声地说出来有助于平复情绪。家长的安慰会有很大的帮助。家长要让孩子知道生气再正常不过了，每个人都会生气，也要向他保证，你会尽最大努力为他们遮风蔽雨，并且随时守护在他的身边，给他帮助和安慰。

跟孩子讲一讲你曾经有过的愤怒经历，以及你是如何应对这些愤怒情绪的——比如在生气或压力大的时候"念咒语"或"深呼吸"。你一定想不到的是，许多成年人仍在继续用他们童年早期从慈爱的父母那里学到的缓解方法。

让孩子知道，有时我们也会有坏情绪：脾气暴躁、伤心流泪或者心烦意乱——而且我们也并不是每次都知道为什么会产生这些情绪。

好消息是，我们可以学会识别愤怒和压力的信号，而且我们可以学会对这些坏情绪做出恰当的反应。我们需要正确的工具来处理这些问题。一个很有用的办法是让孩子知道你懂他们的感受，教会孩子如何识别和感受情绪。你得了解敌人，才能打败敌人。

💡 哪些迹象表明孩子可能易怒

- 经常发怒，即使是对一些鸡毛蒜皮的小事
- 心烦意乱时无法描述自己的感受
- 受挫时难以冷静下来
- 表现出物理攻击性，如摔东西、打架、踢蹬、吼叫、谩骂、发脾气
- 似乎并不关心他人的感受
- 不为攻击性行为承担责任；总是责备他人
- 难以从挫折中恢复过来

· 做事不经大脑

· 表现得非常忧郁和沉默，并且沉溺在这些情绪中

· 讨论暴力、写充满暴力的文字或画充满暴力的画

· 欺负别的孩子或表现出对他人的攻击性

假设所有行为都有一些潜在的交际意图，这会有助于解释行为，使行为更容易被理解、感受和管理。如果能从外部观察行为而不是被愤怒情绪所禁锢，我们就能够更好、更客观地看待行为并更有效地管理行为。

首先需要确定行为发生的原因。愤怒的爆发可能是对危险的反应，也可能只是一个人维护自己的方式。尤其是在儿童时期，愤怒可能是独立的一种表现。

愤怒有多种诱因：

· 焦虑（根据我的经验，这是最常见的诱因）

· 在学校被欺负和戏弄

· 做不喜欢的任务

· 不得不接受被拒绝的现实

· 感到危险

· 感到超负荷

· 无法选择要做的事

· 想要引起关注

· 特殊的挑战

· 自卑

· 悲伤或抑郁（成年人可能经历的悲伤情绪通常被孩子表达为愤怒）

· 家庭中的压力增大（例如，父母不和、新生儿降生）

使用情绪管理工具箱

在愤怒和压力管理中有两个关键步骤。第一步，帮助孩子识别自己的情绪，大声说出"我感觉……"。第二步，帮孩子学习和使用掌握情绪的工具，大声说出"我可以……"。

🔆 第一步："我感觉……"

首先，帮助孩子识别自己的感受，表达自己的情绪。

"我看得出你现在很生气。"试着找出这些情绪的诱因，比如说"你生气是因为……"的话术就很有用。还有一些其他例子如"你因为弟弟打你而生气了"或"你觉得这件事不公平"。

无论孩子年纪多大，对情绪的掌控力如何，父母都可以教他们这个管理愤怒情绪或压力的基本步骤。

无论是大声说出来，还是在大脑中想想这些话，也许有时候只是说"我觉得……"，便足以理清思绪并解决烦恼，或者至少缓解现状。

每个人都有不同的压力体验，不管是孩子还是成年人。有些孩子在感受到压力时，身上的肌肉会像盔甲一样绷紧（就像有人要打你腹部时你的应激反应）；有些人则呼吸急促或屏住呼吸；有些人会脸红和头疼。

描述感受是了解自己的精神状态的绝佳办法。对许多孩子来说，愤怒是神秘的，能够压垮他的精神，让他倍感压力。不过一旦孩子能够给焦虑分类，和自己进行情感交流，并开始想办法克服压力时，这些焦虑和恐惧就不会再为难孩子的肠胃了。这些情绪会进入脑海，在这里孩子可以通过思考更有效地克服压力。孩子会知道，就算觉得生气，脸红心跳，也并不代表其他人会讨厌他，这也不是世界末日，天也不会塌下来。他只是感到烦躁、有压力而已。然后他可以表达"我觉得不安！"或"我觉得很生气"。认识和标记这些感受正是我们希望他做的——表达他的愤怒，而不是胡乱发泄或抑制愤怒。诸如"我不喜欢你拿走我的东西"或者"我现在不想跟你分享"等类似的表达会有用。

如果孩子感到沮丧、生气或有压力，就让他回答以下问题：

1）你的身体有以下感受吗？

· 头痛

· 胃里翻江倒海

· 心怦怦直跳

· 手心冒汗

· 脸红

· 肌肉紧绷

· 做噩梦

2）你是不是经常感到……

· 生气和愤怒

· 害怕和担心

· 悲伤和难过

· 沮丧和易怒

· 安静和害羞

3）你是不是经常会……

· 害怕当着同学的面讲话？

· 忘记事情？

· 觉得被刁难？

· 开不得玩笑？

· 在意他人的看法？

如果你的孩子有以上情绪或者症状中的几种，说明他可能正感到压力大。让他大声说出"我很生气"或"我感到有压力"。

💡 第二步："我可以……"

接下来，帮孩子了解如何应对情绪，这时孩子能说出"我可以……"。我们将讨论一些孩子可以用来对付压力和恐惧的工具。

你要再一次让孩子知道，成年人也经常遇到类似的愤怒情绪。如果觉得有压力就大声说出来，比如说在开车的时候被强行加塞了。你要给孩子展示出你是如何指出问题、如何识别情绪，以及如何提出解决方案的。

很多家长在童年时期没有被教导如何处理愤怒情绪。"愤怒"会让他们感到内疚。我们应该允许孩子感受他的种种情绪。我们可以向孩子展示哪些表达情绪的方式是可以被接受的。强烈的情绪不能被否定，愤怒情绪的爆发应该得到承认和尊重。

你可以帮助孩子练习处理他的情绪。

呼吸控制法、身体控制法和思维控制法是帮助孩子管理愤怒情绪或压力的三种最有帮助的方法。具体做法如下：

🦋 呼吸控制法

慢慢地深呼吸。数到四，完成吸气过程；再数到四，完成吐气过程。感受身体慢慢放松下来。这样重复五次。就算只做一次也能帮助你放松下来。

🦋 身体控制法

收紧脸部肌肉，双眼紧闭，牙关紧咬。坚持三秒钟后放松脸部肌肉，感受这两种状态的差异。重复三次。现在握紧拳头，收紧胳膊上的肌肉，收紧腹部。坚持三秒钟后放松。重复三次。并拢双腿，用指尖去够脚趾。坚持三秒后放松。重复三次。感受一下。

🖐 思维控制法

控制过呼吸和肌肉之后，你需要放松精神。现在想象一处美丽静谧的地方，可以是沙滩、森林，甚至是你的房间！想象你现在正置身其中。想象这个地方有哪些景物，想象你能听到哪些声音。告诉自己："我能控制自己的身体和思维。我烦躁的时候能冷静下来。"反复这样告诉自己，或者背诵一些让自己感到平静或自信的句子或口诀。

🖐 练习这些技巧

每天至少安排一次练习时间。安排在睡前练习效果很好。也可以在日常生活中抽空练习，比如在学校或在车里。使用这些方法将很快帮助你处理日常压力。你会发现某些方法比其他方法更有效。

压力测量计

压力测量计把"我感觉……"和"我可以……"这两种工具结合起来，帮孩子为他的情绪强度进行分级，然后用颜色区分，并决定使用哪些应对工具来缓解这些情绪。

1）画一支老式温度计或者试管，将其主体分成四个部分。

2）底部涂上一种你认为能代表平静的颜色（比如绿色）标号为"1"。

3）往上走的第二部分涂上一种代表刚刚开始感到紧张的颜色（比如黄色）。标号为"2"。

4）第三部分涂上一种代表感受到压力的颜色（比如橙色）。标号为"3"。

5）最上层涂上一种代表感受到巨大压力的颜色（比如消防车的红色）。标号为"4"。

6）测量计的左侧是"感受"栏，在每一部分旁边写下孩子在这一压力等级的典型感受和身体状况。

7）测量计的右侧是"策略"栏。在每一部分旁边写下每一个压力等级的解决策略。比如说第2等级的呼吸控制法和第4等级的冲澡冷静法。

注意：要画好完整的压力测量计并不容易，不必强求一下子就完成！

计划和节奏，甚至是生物钟，经常会被压力搅得一团糟。我们的呼吸加快，脉搏加快，更不用说睡眠和排便的生物钟了。孩子在使用工具箱的应对策略，比如呼吸、身体和思维控制法时，家长要确保孩子有一定的规划，保证健康饮食和充分休息。能够提高节奏感的活动会让人平静下来，比如音乐、秋千、自行车……各种有节奏的运动如游泳都值得提倡。

孩子还能做什么？

丽莎在本书中学习了另一个工具——ST$_4$小妙招！这个工具旨在培养孩子思考的习惯和提高孩子的自我认知。为孩子提供改变当下不利境地的工具可以提高孩子的参与度，让孩子知道我们与他站在同一战线，而且我们真正地了解他所面临的挑战。

💡 ST$_4$小妙招

ST$_4$小妙招的使用步骤如下：

1）教孩子如何主宰自己的身体！孩子能学会调动控制自己身体的力量，控制自己的胳膊、腿以及脱口而出的话。这些将给孩子赋能！

2）让孩子知道你将告诉他一个特殊密码，他可以选择不把这个秘密告诉任何人。向他解释ST_4化学式的意思。孩子也许听说过水的化学式是H_2O，氧气的化学式是O_2。这些都能作为帮助孩子理解的例子。如果概念太过抽象，我们可以用数字和字母来表达。

3）让孩子知道他需要慢下来，停下自己正在做的事情——这就是"停下来"（STOP）的"S"。（化学式中"S"的含义）

4）现在，孩子需要"花时间想一想"（TAKE TIME TO THINK）。数一下有几个"T"——四个，对吧？（所以化学式中包含一个"S"和四个"T"，这就是ST_4的由来）

5）把这个化学式（也可以称为密码）画下来，用来制作ST_4贴纸或者徽章。

6）将这些徽章贴在书包上，活页夹上，学校的桌子上，甚至是浴室的镜子上！

告诉老师什么是ST$_4$可能会有帮助。他可能会在课堂上用到。需要提醒孩子时，老师只需要指一下他桌子上的ST$_4$贴纸或者图片。如果孩子更希望将ST$_4$作为小秘密也没关系。保密可以帮助孩子和老师建立良好关系，还能避免小秘密被公之于众所带来的不必要的羞耻感。

既然已经知道了ST$_4$的含义，接下来我们讨论一下如何"停下来"，以及如何"花时间想一想"。

☀ 冷静策略

要是孩子在学校的时候发脾气该怎么办呢？你可以跟孩子的老师谈谈，允许孩子"暂停"。建议老师允许孩子离开教室，躺下休息或出去走走。让那些表现出攻击性的孩子独自待一会儿，冷静一下。有些老师开辟了专门用来冷静的场所，在那里孩子可以冷静下来并且重新掌控自己的情绪。可以把这个地方叫作"冷静室"，放着沙包、书籍、音乐、耳机和蜡笔等。

在家里，父母可以帮孩子找到最有效的方法来平息愤怒。孩子可以画一幅画来表达他的情绪，也可以摔黏土、揍枕头、投篮、打沙袋，甚至是自言自语。

你可以告诉孩子，为什么其他人的行动不会尽如孩子的意。想想解决办法，比如让孩子为乱发脾气而道歉。让孩子在一张纸上画出或写下令他不安的事情，然后让他把纸撕成碎片，"把愤怒扔掉"。

教孩子说一些简单的自我提示语来应对压力情况。例如"停下来，冷静一下"、"不要失控"或"我能处理好的"。

放松泡泡练习

压力管理工具箱中的最后一个工具。这个放松训练需要你读给孩子听。

我们花几分钟，一起讨论一下如何放松身体，控制自己的思维。如果你感到紧张或担忧，试着进行下面这个活动。

找到自己最舒服的状态。很好。闭上眼睛，慢慢地、深深地吸气，然后假装向空中吐出了一串长长的泡泡。再次深深地吸气，然后慢慢地再吐出一串长泡泡。想象这些泡泡飘到了空中。看这些泡泡在阳光下五彩斑斓，闪闪发光。

慢慢地、深深再吸一口气，继续吐出泡泡。感受你的身体如何变得舒适而平静。感受你的肌肉放松下来，感受自己是怎样变得越来越舒服。好啦，你现在放松下来了。

你可以在任何时间练习深深地吸气然后慢慢地吐出泡泡，这种方法可以有效地缓解焦虑和恐惧。你也可以使用压力管理工具箱的其他工具。你现在是身体的主人了，感觉如何？

希望大家试完以上方法能平静和放松下来！

家长还能做些什么？

亲爱的家长：在与孩子进行练习之前，自己先做一个深呼吸吧。记住，你是家长，也是和蔼可亲的"老师"。你可以迎难而上。

请记住，你想接触、教育和保护孩子，而不是惩罚孩子。

告诉孩子，其他人在有类似感觉时会怎么处理。读一本书（比如这本书！），了解一些孩子生气时的行为表现，让他们知道哪些应对方式是恰当的，在摸索中找到跟孩子交流的方法。

· 设置限制。让孩子们知道谁做主——"如果你不自己停下来，我会让你停下来。"

· 用行动执行限制。以认真的语气说"不!"

· 保持坚定的明确。

· 原谅。原谅孩子可以帮助他们从内疚转向希望。

· 树立信心。表现差不代表他是坏孩子。

· 发现孩子的优点。在指出一个不好的表现之前先指出八个好的表现。很不错的比例!

· 不要在小事上过于纠结。忽略那些可以容忍的行为。

· 提前考虑可能的挑战。

· 亲密接触——表达爱意。有时候，一个拥抱就足够了。

· 给孩子台阶下。让他挽回面子。

· 承诺和奖励：这是让孩子开启良好行为和停止不佳行为的好办法，记住要说话算话。

· 惩罚需慎重。记住这一点，孩子要教才行。惩罚并非教孩子应对困难的好方式。永远不要体罚孩子。

像丽莎这样的孩子需要知道，并不是只有她才会这样容易生气，她和其他孩子一样聪明，一样有趣和富有创造力，一样可爱，并且一样有可能成功。关注自身个性中积极的一面有助于增强需要应对愤怒问题的孩子的自尊心和自信心——这些孩子经常受到责备，陷入困境，并因此遭受巨大的痛苦。

给孩子的表现贴标签并无必要，但要让孩子意识到自己的能力和遇到的挑战是什么。如果我们知道自己面临着什么挑战，我们就能"驯服"挑战。这就是这本书中马文和丽莎的经验。教会孩子发掘自己的内在力量，主宰自己的身体——这就是 **ST$_4$小妙招** 和本书中其他工具的妙处。

当然，这些并不能一蹴而就，你可以尽早教孩子这些实用工具并经常进行强化。如果我们不对孩子摆出家长的架子，而是让孩子做出积极的改变，同时帮助他树立自尊心，那我们就用对了方法。本书提供的工具将培养孩子的胜任感，这是一种识别自身长处的能力，还能帮孩子制订适当的应对策略。

让孩子主宰自己的情绪，让孩子全神贯注，这些不都是很棒的体验吗？这也正是本书的目标！